KB164568

포레스트 웨일 공동 작가

여러분들의
명절은 어떠신가요

한민진 | 김채림 | 준 | 보고쓰다 | 아루하 | 정예은 | 꿈꾸는쟁이

초딩김작가(김예서) | 박정원 | 최병희 | 애틋한 새벽

박선생 | 퍼 팬 | 김병후[김이세] | BlueMoon | 장동주 | 소휘

다담 | 한라노 | 이가온 | 사랑의 빛

FOREST
WHALE

차례

명절에 모이면 무엇을 할까?

우리나라엔 명절이 두 번이 있다. 하나는 설 또 하나는 추석이 있다. 여러분들은 명절에 모이면 무엇을 하나요?

가족들과 오랜만에 수다도 떨고 각자 지내온 시간들을 이야기 나누면서 푸는 날이 명절이 아닌가 싶네요.

명절 때마다 하는 일들이 다양하고 각자 하는 일도 다양하지만 명절만큼은 다 같이 모여서 휴식을 가질 수 있어서 좋은 거 같다.

나에겐 명절이란?

나에겐 명절이란

휴식하는 날

왜냐하면

나는 지금까지 일에

찌들어 살면서

열심히 일을 하면서 살았기 때문이다.

나에겐 명절이란

이야기보따리 푸는 날

왜냐하면

많고 많은 일들을
사랑하는 가족들 친지들과
서로 소통하고 나눌 수 있기 때문이다.

나에겐 명절이란
슬픈 날이기도 하다.
왜냐 명절인데 쉬지도 못하고
출근하는 날이기 때문이다.

여러분들의 명절은 어떠신가요

명절은 왜있는가?

명절이 왜 있는가에 대해 물으신다면

나는 이렇게 대답하겠지

명절이라도 있어야 각각 떨어져 있는 가족들이 한곳

에 모여서 이야기 나누기도 하고 맛난 것도 먹기 때문

에 명절이 없다면 너무 허전할 거 같다.

떡방

끌리는 구수함에

먹어보니

그대 생각나 뭉클해졌다.

별로 좋아하지도 않는

떡 한 조각을

꼭 한번 드시게 하고 싶습니다.

또 한 번

그대 얼굴 생각나게 하는

맛집

풍요로운 추석

가을의 노을빛을 머금어

붉게 물든 보름달

달 토끼 한 마리가

반겨주며

절구를 찧는다.

정성 들여 빚은 떡을 향한

감사함을 담아

느긋하게 흘러가는 자연을 보고

소원을 빕니다.

3. 김채림

푸른 달밤의 고백

고요한 새벽 흘러내린 달빛에 비친

그대 옆모습이 아름다웠던가

그리운 그 얼굴

그대의 숨결을 느끼면

심장의 고동은 멈출 줄 모르고

가슴속에서 하는 말

달콤한 초콜릿처럼 사랑한다던 그 말

벅찬 설레임 생각 위에

풍성한 달빛이 넘실거린다

내 님은 어디에 있을까...

그대 내가 안아줄게요.

할머니 잘 지내고 계시죠?

2024년 2월 금요일, 나는 겨우 제시간에 맞춰서 오전 9시 45분 부산행 기차에 몸을 실었다. 다른 가족들은 모두 연휴가 시작되기 이틀 전에 차를 타고 부산으로 향했지만, 나만 혼자서 피폐하게 대학원 연구실에 처박혀 있던 덕분에 빨간 날이 되어서야 겨우 출발할 수 있었다. 설 명절 연휴가 시작된 지라, 기차 내부는 사람들로 북적였지만, 혼자서 창문 밖으로 보이는 풍경이나 보고 조용히 타고 가는 것도 나쁘지 않은 선택인 것 같다. 부모님과 함께 차를 타고 갔으면 5시간 내내 잔소리와 핀잔만 들었을 것이다.

열차는 서서히 출발하고, 얼마만의 낮잠인가 하고 기차 좌석의 목받이에 머리를 기대어 잠을 청해본다.

"우리 열차는 잠시 후 울산역(통도사)에 도착하겠습니다."

머리 바로 위에서 울려 퍼지는 안내방송에 잠에서 겨우 깨어났다. 거의 2시간 정도를 깨지도 않고 잔 것 같은데, 어지간히 피곤했나 보다. 부산역에 도착하는 것도 얼마 남지도 않았고, 바깥 풍경이나 보며 잠시 멍을 때려본다. 부산역에서 할머니 댁까지는 어떻게 가지부터 할머니 댁에 오랜만에 가는 것인데, 가면 내가 잘 공간은 있으려나 하는 생각조차 이런저런 생각들이 뭉게뭉게 피어오른다.

나에게는 할머니 댁 하면 친할머니댁이 먼저 떠오른다. 내가 기억하는 나이 이후부터는 할머니 하면 친할머니였고, 외할머니는 외할머니였다. 왜인지는 모르지만, 그냥 당연히 그런가 보다 하고 살아온 것 같다. 의문을 가지지도 않을 정도로.

우리 외할머니는 작년 이맘때쯤 돌아가셨다. 뇌출

혈로 쓰러지신 뒤, 요양병원에서 1년 정도의 투병 생활을 하시고 돌아가셨다. 외할머니가 돌아가신 뒤로, 길을 가다가 할머니라는 단어만 들으면 외할머니와의 기억들이 하나씩 떠오르게 된 것 같다. 사실 외할머니와의 기억이 그렇게 많이 존재하지는 않는다. 정말 유치원생, 초등학교 저학년일 때 정도만 명절에 외할머니댁에서 자고 오고 그 이후로는 명절에도 한 번씩, 아니면 휴가차 내려간 부산에서 이모 집과 다 함께 밥 한 끼 정도 먹는 게 다였던 것 같다.

그렇다고 해서 기억이 흐릿하거나 어딘가 깊숙이 접어두고 싶은 기억들은 아니다. 기억들 하나하나가 모두 생생하고 선명하고, 언제나 그랬었지 하고 외할머니를 그리워할 수 있는 기억들이다. 내가 7살 때만 해도, 외할머니댁에 가면 할머니 댁에서 느낄 수 있는 그 특유의 쑥쑥 한 냄새와 포근한 느낌을 느낄 수 있었다. 외할머니댁에서 하룻밤을 자고 오고 할 때만 해도 외할아버지도 살아계셔서 항상 날 맞아주셨다. 물론 중풍으로 거동이 불편하시긴 하셨지만, "00이 왔나~"로 이름을 부르시면서 맞아주셨다. 그런 외할머니댁에서 거실에 이불을 펴고 엄마와 함께 자고 있으면 세상 포근하고 따뜻할 수가 없었다.

내가 중학생이 되고 난 이후부터는 학교와 학원을 핑계로 명절마다 바쁘게 다시 집으로 돌아와야 했고, 외할머니도 밖에서 만나는 게 편하시다고 하여 엄마와 나만 따로 외할머니를 보러 중심가로 나가곤 했다. 그럴 때마다 우리의 만남의 장소는 ㅁㅁ 백화점의 지하 1층 식당가였다. 부산의 가장 중심가에 있는 ㅁㅁ 백화점이기도 했고, 할머니와 나 그리고 엄마의 입맛까지 각자의 취향껏 음식을 고를 수 있는 곳이었기 때문이었다. 꽤 오래된 기억임에도 기억이 생생한데, 외할머니와 만날 때마다 엄마는 더 맛있는 것을 드시라고, 이 정도 음식으로도 괜찮으시냐, 옷은 더 따뜻한 게 없으신지, 왜 옷에 무엇을 묻히고 다니시는지 등 잔소리 같지만, 걱정과 애정이 가득 담긴 말투로 항상 이야기하셨던 기억이 있다. 그 와중에 나는 해맑게 외할머니께 "안녕하세요"만 말하고 식당가에서 먹고 싶은 음식이나 보고 엄마한테 졸랐던 기억이 난다.

그 당시 나는 낯도 많이 가리고, 숫기도 없어서 외할머니께 살갑게 안부를 여쭤보고 할 성격도 아니었고, 할머니가 물어보시는 말에만 대답했던 것 같다. 지금 생각하면 그때는 명절 때마다 겨우 보는 외할머니에게 뭐가 그렇게 부끄러웠는지, 어떻게 지내시는지 같은 일상적인 대화쯤은 편하게 할 수 있지 않았을까 하는 생각밖에 들지 않는다. 외할머니가 돌아가신 지금에서야 보면, 그때 좀 살갑게 할머니랑 백화점도 돌아다니면서 쇼핑도 하고, 할머니는 어떤 것을 좋아하시는지, 어떤 취향이신지, 언제 행복하신지, 해보고 싶은 것은 없으신지 같은 것들을 여쭤봤으면 좋았을 걸이라는 생각이 든다. 나는 외할머니가 뭘 좋아하셨는지 아무것도 아는 게 없는데…

중학생 이후에는 나름 동네에서 공부로 유명한 고등학교에 진학하다 보니 공부하느라 정신도 없었고, 명절에는 부산에 가기보다 집에서 쉬는 것을 대부분 택했다. 그러다 보니 자연스럽게 부모님만 할머니를 뵙고 오시고, 대학생이 되고 나서야 다시 이모 집에서 외할머니를 뵐 수 있었다. 정말 오랜만에 다시 뵌 외할머니는 나를 보시고 "야는 웰캐 코가 높노"라는 말을 하셨던 기억이 있다. 앞뒤 상황은 하나같이 기억나지 않지만, 외할머니의 저 한마디만은 정말 생생하게 목소리까지 기억이 난다. 외할머니가 나에게 해주신 기분 좋은 칭찬이라 그런가. 이 칭찬 한마디를 해주실 때도 나는 외할머니께 말 몇 마디도 건네지 않았던 것 같다. 중학생 때 제대로 뵌 이후로 너무 오랜만에 뵈었고 많은 시간이 흘렀고, 낯을 가리다 못해 과묵해졌기 때문이었다. 외할머니 특유의 아우라, 분위기도 있으셔서 어려운 어르신이라고 느껴져서 일 수도 있다.

우리 외할머니는 항상 허리가 곧으셨고, 키도 160 후반대로 동년배의 어르신 중에 키도 크신 편이었다. 그리고 항상 비슷한 패턴의 옷을 입고 다니셨는데, 어릴 때부터 봐온 옷들이어서 그런지, 외할머니 하면 그 패턴의 옷들을 입으신 모습이 떠오른다. (약간 아메바와 비슷하게 생긴 문양들로 이루어진 패턴이다) 어쩌면 그 옷들이 외할머니의 취향이었을지도 모른다. (이제는 여쭤볼 수 없게 되었지만.)

외할머니께서 뇌출혈로 쓰러지셨을 땐, 서울에 계신 엄마에게로 먼저 연락이 왔다. 부산에 계신 이모가 아닌 엄마에게 연락이 먼저 닿아 적절한 조치를 빠르게 취하지 못하셨다고 한다. (이 일로 엄마께서는 외할머니가 돌아가신 뒤 한동안 엄마가 부산에 계셨다면 괜찮지 않으셨을까 하는 말을 계속하셨다) 뇌혈관이 막히셔서 외할머니는 거동을 제대로 하시기 불편해지셨고, 치매 증상도 나타나셔서 요양병원에서 생활하게 되셨었다. 코로나 시기기도 했고, 한창 바쁘셨던 이모를 대신하여 엄마가 항상 요양병원에 전화하여 외할머니와 영상통화를 하셨고, 그때면 엄마는 항상 나를 부르셔서 같이 외할머니께 인사하고 이야기해 보라고 하셨다. 영상통화로 뵌 외할머니는 하루가 다르게 야위시고 첫 영상통화에서는 나를 보며 반갑게 인사해 주시던 외할머니가 점차 내 이름도 기억못 하시게 되셨다.

이후에 엄마의 전화를 받고 찾아간 장례식장에서는 내가 입을 상복이 놓여 있었고, 상복을 입을 때까지만 해도 사실 실감이 나지 않아 아무 생각 없이 엄마가 시키는 심부름만 했던 것 같다. 그리고 그날 오후에 진행한 입관식에서는 누가 뭐라 하지도 않았는데, 외할머니 모습을 보자마자 어찌나 눈물이 많이 나던지 울면서도 속으로는 내가 이렇게 외할머니와 애틋했었나 싶었다. 아마 이모와 엄마 다음으로 눈물을 많이 흘린 사람이 나였을 것이다. 염을 한 외할머니의 모습은 너무 작고도 야위었고, 내가 기억하는 외할머니의 꼿꼿한 허리와 큰 키는 찾아볼 수도 없었다. 그래서 더 안쓰러웠고, 투병 생활 동안 얼마나 힘드셨을지 느껴져서 눈물이 날 수밖에 없었다.

그렇게 외할머니를 보내드리고, 부산으로 내려가는 기차를 탈 때마다 외할머니 생각이 항상 난다. 지금쯤 하늘에서는 뭘 하고 계실까. 우리 가족이 그렇게 좋아하는 여행도 한 번 외할머니랑 같이 못 가 드린 게 너무 아쉽고 후회가 되었다. 이제는 대학원 연구실에서 월급도 받아서 외할머니가 원하실 때 언제든 선물도 해드릴 수 있고, 옷도 많이 사드릴 수 있는데. 외할머니 생각만 하면 언제 어디서든 눈물이 왈칵 쏟아질 것 같다. 못 해 드린 게 너무 많고, 더 행복하게 해드릴 수 있었는데 못 해 드린 것들만 생각이 나서. 이제는 뵐 수 없게 되었지만, 꿈에서라도 뵐 수 있었으면 좋겠다. 꼭 뵈면 사랑한다고 할머니랑 못해본 것들도 많고, 못 해 드린 것도 너무 많아서 죄송하다고 말하고 싶다.

"우리 열차는 잠시 후 종착역인 부산역에 도착하겠습니다."

부산역에 도착할 때쯤이면 외할머니 산소가 있는 밀양도 지나오고 외할머니 생각이 많이 난다. 짐을 들고 기차에서 내려 내 앞을 걸어가고 있는 수많은 사람을 따라 걸어간다. 걸어가는 길에 괜스레 하늘이 보고 싶다. 오늘따라 하늘이 구름 한 점 없이 유독 파랗게 물들어 있는 것 같다. 하늘에 계신 외할머니는 내

모습을 지켜보고 계실까? 눈물은 인제 그만 흘리고, 하늘에 손이나 한번 흔들어 준다. 혹시나 보고 계실지도 모르니까. 저는 씩씩하게 잘 지내고 있어요. 할머니. 할머니도 잘 지내고 계시죠?

나의 명절은

나의 명절은 몇 년 동안인지 기억이 잘 나지 않지만
본가에 내려가지 못한 채 쓸쓸하게 혼자 보내고 있다.
핑계 같겠지만 집과 직장의 거리가 멀뿐더러 요리사
라는 직업 특성상 명절 시즌에는 더 바빠지기 때문에
휴가를 내서 갈 수가 없는 상황이다.
본가에 내려가 가족과 명절을 보낸 기억은 어렸을 때
의 기억이 마지막으로 남아있다.
부모님은 이맘때면 나에게 연락이 온다.
이번에는 내려올 수 있냐라고 물어보신다.
그에 대한 대답은 항상 같을 수밖에 없었다.

"명절 당일에만 쉴 수 있어서 이번에도 못 내려갈 것 같아요. 죄송해요..."

그저 얼굴 보고 이야기 나누는 게 이렇게나 힘들어질 것이라고 어릴 때는 생각하지 못했었다.

다른 사람들도 나와 별반 다를 게 없겠지라고 자기 위로를 해보지만 명절에 인스타에 올라오는 스토리를 보면 가족들과 오붓한 시간을 보내는 장면들도 가득하다.

이럴 때면 요리사라는 직업을 선택한 게 한스러워지곤 한다.

언젠 가는 나도 명절에 내려갈 수 있겠지라고 생각했지만 그게 십 년도 더 넘은 시점부터는 반포기 상태이다.

올해 설날도 마찬가지로 그러할 것 같다.

부모님께 연락이 와서 또 같은 대답을 할 나의 모습을 상상하면 신물이 난다.

나의 남은 인생에 가족과 명절을 보내는 시간이

나에게 주어지긴 할까라는 생각이 드는 밤이다.

나의 명절은 고독함과 외로움이다.

여러분들의 명절은 어떠신가요

떡국 한 그릇

설날이면
삼삼오오 모여 끓여 먹던
떡국 한 그릇

어머니가
끓여주시던
김이 모락모락 나던
떡국 한 그릇

먹어 본 지가
언제였던가.
기억도 나지 않는
어머니의
떡국 한 그릇

기분이라도
내볼까 싶어
편의점에 들러 집어보는
인스턴트 떡국 한 그릇

어머니의 문자 한 통이 옵니다
"설날인데 떡국은 먹었어?"

눈앞이 흐려지며
눈물이 차오릅니다.

눈물이 차오르는 게

어머니의 오타 때문인지

어머니의 마음 때문인지

모르겠습니다.

설날이면

설날에는
꼭 내려가 봐야지
했습니다.

무슨 일이 있어도
꼭 내려가야지
했습니다.

이미 알고 있습니다.

이번 설날에도
다음 설날에도

상황은 같을 것이란 걸

일은
나의 손과 발을
붙잡고 놓아주지
않을 것이라는 걸

외로움과 씨름하면서
달을 바라볼 것이라는 걸

이미 알고 있습니다.

키링

누구는 명절이라 집으로 간다고 월차까지 쓰고 출발했다. 하지만 석호는 갈 데가 없었다. 아버지는 알코올 중독으로 인한 정신병으로 정신 병원에 있었다. 어머니는 어릴 적에 집을 나가 이때껏 소식도 모른다. 그런 석호에게 돌아갈 고향 같은 것은 없었다.

"김 대리."

"네. 과장님."

"술이나 한잔할까?"

그의 사정을 잘 아는 과장은 꼭 명절 전에 술을 권했다. 하지만 오늘은 술이 당기지 않았다.

"아뇨. 오늘은 일찍 들어가세요. 저는 다른 약속이 있어서."

거짓말인 줄 알면서 과장은 모른 척 알겠다며 먼저 사무실을 나갔다. 하나둘 자리가 비워지는 사무실이 텅 빈 시간은 평소 퇴근 시간보다 1시간 늦은 시간이었다. 모든 조명을 끄고 창밖을 바라보았다.

"높네. 저 작은 사람들은 다들 고향으로 가겠지. 어머니가 있고, 아버지가 있는?"

그의 나이 이제 스물하고 다섯밖에 되지 않았다. 아버지라는 단어도 어머니라는 단어도 낯선 그에게 명절은 끔찍한 휴가 기간뿐이었다. 자리로 돌아와 내 자리에 노트북을 열었다. 밀어둔 일을 시작했다. 굳이 오늘 할 필요도 없는 일들을 하나둘씩 처리해 가면서 긴 하루의 끝을 향했다.

"어이쿠. 김 대리님, 아직 퇴근 안 하셨어요?"

60대 경비 아저씨가 지나가다 새어 나오는 불빛을 발견했는지 순식간에 사무실에 환한 불이 켜졌다.

"불이라도 켜고 일하시지."
"아닙니다. 혼자 있어서 괜찮아요."
"김 대리님, 10시까지는 나가 주셔야 해요."
"네. 그럴게요."

경비아저씨가 나가고 시간을 확인했다. 9시 30분. 이제 그만 일어나야 할 것 같았다. 이미 처리한 일은 오른쪽에 두고 해야 할 일은 왼쪽으로 모아 두었다. 이미 3분의 2는 다 처리했다. 양복 겉옷을 걸치고 넥타이는 풀어 가방에 넣었다.

힐끔 창밖을 보고 시선을 돌렸다. 밖은 이미 한산해져
있었다.

"명절이라는 건가?"

긴 날숨을 내쉬고 차가 있는 곳으로 향했다. 운동 삼
아 차를 두 정거장 뒤에 있는 공영주차장에 두기 때
문이었다. 혼자서 보낸 명절이 몇 해가 되건만 아직도
익숙하지 않다. 아버지가 병원에 들어간 게 5년 전이
다. 석호가 성인이 되던 해 보호받는 처지에서 보호자
가 되었을 때 아버지는 병원에 입원했다. 그리고 그전
에는 아버지의 폭언과 폭행 속에서 오늘이 마지막이
길 바라는 삶을 살았다.

"명절이라서 그러는 거야."

괜한 생각으로 마음이 어지럽다고 생각한 석호는 고
개를 가로저으며 어지러운 생각에서 벗어나려 노력

했다. 걸음을 서둘렀다. 조금 빨리 걸으면 생각에서 벗어나지 않을까 하는 생각에서였다. 막 차에 도착했을 무렵 자신의 차 앞에서 서성거리는 한 인영이 보였다.

"누구신데…?"

미처 말을 끝내기도 전에 자신의 차 상태가 보였다. 앞 범퍼가 찌그러져 있었다. 마치 정면으로 들이박았는지 앞쪽이 완전히 박살이 나 있었다.

"내… 차."
"죄송해요. 제가 초보운전이라 액셀과 브레이크를 헷갈리고 말았어요. 정말 죄송합니다."

연신 고개를 숙이는 사람은 그와 비슷한 또래에 여성이었다. 그녀는 150을 조금 넘길까 싶을 정도로 작은 몸에 긴 생머리를 하고 있었다. 까만 안경에 서리가

낄 정도로 현재 많이 긴장한 상태였다.

"보험 회사는 불렀습니까?"
"보험 회사요? 어떻게 불러요?"
"하아. 가입은 하셨어요?"

진짜 초보 운전이 맞는 건지 바로 앞쪽에 세워진 빨
간 마티즈 차량의 앞 범퍼도 박살이 나 있었다. 그녀
는 정말 무슨 말인지 모르겠다는 듯이 고개를 갸우뚱
거리더니 이내 깨달은 건지 자기 자신의 차로 가 문
을 열려고 했다.

"왜 안 열려요?"

울상인 그녀가 석호를 보며 울 듯이 말했다.

"안 열려요."

석호는 굳이 열리지 않는 보조석 말고, 자신이 내린 운전석으로 가면 되지 않나 생각하다 당황했으니 그럴 수 있다는 생각에 자신이 움직이기로 했다.

그녀는 자신의 차로 걸어가 자연스럽게 운전석을 열어 보조석 앞에 서랍을 열고 보험 증서를 꺼내는 석호를 물끄러미 바라보았다. 석호는 그녀에게 걸어서 증서를 내밀었다. 하지만 그녀는 받을 생각은 하지 않고 그를 바라볼 뿐이었다.

"받아요."
"네?"

여전히 이해 못 하는 그녀의 손을 잡아 증서에 적힌 전화번호를 손가락으로 집어주며, 전화하라는 시늉을 했다. 그런데 무엇이 잘못되었는지 그녀의 얼굴이 붉어졌다.

"왜 그래요?"

"아니에요. 잠시만요. 저기 죄송한데, 전화기 좀 빌려 주시면 안 돼요?"

"네?"

"사실은 전화기를 두고 와서 선생님께 전화를 못 한 거거든요."

그녀의 말에 석호는 어이가 없었다. 그러나 일단 해결 해야 하는 문제부터 해야 했다. 그녀는 석호의 전화기 를 받아 들고 증서는 확인도 하지 않고 누군가에 전 화를 걸었다.

"형부, 저 미진인데요. 저기, 죄송한데 여기 와 주시면 안 돼요?"

전화기 너머에서 걱정스러운 남자의 목소리가 흘러 나왔다.

"저기 큰 사고는 아니고, 제가 접촉 사고를 내서…. 네. 네. 그럼, 기다릴게요."

석호는 보험사를 부르라고 했더니 형부를 부르는 그녀를 노려보듯 바라보았다. 그러자 시선을 피하는 그녀가 작은 목소리로 말했다.

"형부가 보험사에 있어요. 아마 알아서 같이 오실 거예요."

잠시 후에 온 사람은 왠지 낯설지 않은 남자와 또 다른 남자 이렇게 두 사람이 왔다.

"처제! 이게 가벼운 거야? 와, 차가 완전히 박살이 났는데?"

형부라는 사람은 한참 주위를 둘러보더니 석호의 차량을 조회했다.

"우연이네요. 제가 설계한 분이시네요."

어쩐지 낯설지 않다고 했더니 석호의 차 보험을 설계해 준 사람이었다. 그는 알아서 석호의 보험사에도 연락해 사고 수습을 맡겼다.

"그럼, 보험 처리 원하시죠?"
"아무래도 그게 낫지 싶은데요."
"알겠습니다. 그럼 그렇게 처리하죠."

그녀의 형부는 일 처리가 확실했다. 명백하게 자기 처제가 잘못했다는 것을 인정하였고, 일은 순조롭게 해결되었다.

"그럼 댁에 모셔다드리겠습니다."
"괜찮습니다."

어느새 시간은 자정을 알리고 있었다. 전철도 끊어지

41
명절

고, 버스도 없었다. 집까지 걸어서 간다면 2시간이 걸릴 테지만, 석호는 거절했다. 괜히 불편하게 가고 싶지 않아서였다. 집으로 가기 위해 돌아서는데, 차가 출발했다. 그때 뒤에서 들리는 소리.

"저 좀 데려다주시면 안 돼요?"
"네?"

이 여자는 석호가 무섭지도 않은지 당돌하게 집에 데려다 달라고 했다.

"내가 어떤 사람인 줄 알고 데려다 달라고 하세요?"
"저는 알아요. 당신 지켜봤으니까."
"네?"

그녀는 석호 옆에 나란히 서며 웃었다.

"저는 23살 이미진입니다. 현재 대학생이고, 집은 석호 씨 건너편에 살아요. 그리고 저는 당신 알아요."

"네?"

"○○고등학교 나오셨죠?"

"네."

"저도 거기 나왔어요. 저 거기서부터 쭉 석호 오빠 좋
아했어요."

"네?"

그녀는 씩 웃으며 말했다. 그리고 석호가 잃어버린 키
링을 꺼냈다.

"여기 이거요. 이거 돌려주고 싶었어요. 오빠 주려고
보관했어요."

"고, 고마워요."

석호는 생전 처음 키링을 자기 돈으로 샀다. 그런데
그날 잃어버렸었다. 고작 500원짜리 장난감 키링. 동
네 문구점에서 구매했었다. 이유는 기억도 나지 않는

다. 그날도 아버지한테 폭언을 듣고 기분이 바닥이었을 때 주머니에 500원이 있었고, 마침 보인 게 그 키링이었다.

"여기요 받으세요."

미진은 석호와 나란히 걸으면서 자신이 석호를 좋아할 수밖에 없는 이유에 관해서 설명했다. 그리고 정말 차는 살짝만 긁히려 했는데, 실수였다고 미안하단다. 석호와 접점을 만들기 위해서 저지른 행동치곤 대형 사고였다.

"저는 여유가 없어요. 아직 누굴 만나기 위한."
"괜찮아요. 옆에 있게만 해줘요. 저도 학생인걸요. 아무것도 바라지 않아요. 저도 어린걸요."

미진은 그렇게 석호 옆에 있었다. 오랜 시간 동안 석호의 아픈 마음을 어루만지며 그들이 연인이 된 것은 미진이 28살이 되었을 때였다. 석호는 그녀에게 기다려 줘서 고맙다고 말했고, 미진은 이렇게 될 줄 알았다며 처음 만난 그날처럼 웃었다.

친정과 시댁

"여보? 몇 시쯤 출발할 거야?"

"글쎄. 새벽에는 출발해야 하지 않을까?"

이른 저녁부터 여행 가방을 꺼내 옷과 써야 할 용품들을 정리한다고 부산하다. 매년 명절 연휴가 되면 정신이 하나도 없다. 짐을 정리해 트렁크에 싣고, 주차장이나 다름없는 고속도로를 타고 평소 같으면 5시간이면 충분한 거리를 10시간에 걸쳐 시댁으로 향한다.

가기만 하면 끝나는 건가? 가족들 먹일 음식을 만

들고, 차리고, 치우기를 반복하다 보면 고작 이틀 있는 시간도 며칠 노동이라도 한 것처럼 온몸이 아파져 온다. 명절 당일 제사를 지내고 나서 늦은 저녁, 겨우 친정으로 가기 위해 주섬주섬 짐을 싸고 있으면 왜 그렇게 눈치가 보이는지…. 잘못한 것도 없는데, 벌써 고개가 숙어진다.

'요번에는 꼭 일찍 친정에 갈 거야.'

매년 나만 손해 보듯 할 수는 없었다. 게다가 이번 엔 꼭 일찍 가야만 하는 이유가 있었다.

"여보, 이번엔 좀 일찍 엄마 집에 가면 안 돼?"
"응?"

내 마음은 조금도 모르고, 마치 뚱딴지같은 소리를 듣는다는 한마디에 화가 치밀어 오르지만, 좋은 게 좋은 거라고 화를 누르고 다시 말했다.

"맨날 저녁 늦게 명절 다음날 갔잖아. 그러니까 이번엔 점심 때쯤에 가자고. 그래야 엄마와 얘기도 하고 그러지. 당신은 우리 집 가면 잠만 겨우 자고 아침도 먹는 둥 마는 둥 하고 바로 출발하잖아."

말하는 동안 아무 반응이 없는 그로 인해 결국 언성이 올라가고 말았다. 깊은 잠에 빠져 있던 아이들이 눈을 떴지만, 자기들도 이제 나이를 먹었는지 모르는 척 눈을 감고 있었다.

"알았어."
"대답만 하지 말고…. 이번엔 약속 지켜. 안 그럼, 나도 TV에서 나온 며느리처럼 중간에 일어나서 애들 데리고 그냥 나온다."
"알았다니까."

정말 알아들은 것일까? 시댁에 도착할 때까지 남편은 아무 말도 하지 않았다. 도착하자마자 자리에 앉지도

못하고 옷을 갈아입고 손을 씻었다. 왜 이리 늦었냐며
타박하는 시어머니는 결혼한 지 16년 동안 변함이 없다.

"이번에도 차가 막혔어?"

"죄송해요. 어머니. 화장실도 안 가고 왔는데, 서울
을 빠져나오는 것만 해도 힘들었거든요."

"뭐라고? 운전하는 남편 생각해서 중간중간 쉬어줘
야지. 너는 생각이 왜 그렇게 짧니?"

작년엔 집에서 기다리는 자신을 생각에 빨리빨리
오라 성화를 부르더니 이번에는 생각 없이 자기 아들
고생 시키는 사람으로 만들어버렸다. 몰려드는 친척
들의 시선이 따갑기만 하다.

"어서 앉아서 새우껍질부터 까. 그거 다하고, 파 다
듬고…, 너도 결혼한 지 그 정도면 혼자 알아서 해야
하는 것 아니니?"

혼자 할 시간조차 주지 않았으면서 무슨 타박인지
모르겠다.

시어머니와 나는 사이가 좋지 않다. 아들을 낳지 않
았다는 이유만으로 싫어하셨고, 남편 부려 먹으면서
집에서 살림만 한다고 싫어했다. 반면 동서는 예뻐한
다. 아들만 셋을 낳았고, 맞벌이하고 있었다. 현재 어
머니와 한 동에 살면서 어머니가 동서의 아이들을 봐
주고 있었다.

"동서는 언제 온대요?"
"일하는 사람이 바쁘지. 오늘도 회사에 일 있다고
하더라."
'거짓말.'

동서의 거짓말은 매번 명절 때마다 이어졌다. 동서
는 일하고 왔다고 하면서 저녁 늦게 왔었다. 그때마다
은은하게 퍼지는 술 냄새. 직원들과 한잔했다는 거짓

말은 시어머니에게 매년 통하는 거짓말이었다.

요즘 세상에 맏이라고 꼭 아들을 낳아야 하는 법이 어디 있냐 말인가? 한 회사의 대표로 승승장구하는 남편 급여면 두 아이 키우면서 사는 데, 아무 지장도 없다. 게다가 남편이 원해서 쉬고 있는 것이지 내 의지 따위 없는 휴직상태였다.

'저도 일하고 싶다고요.'

남편은 내가 일하는 것을 싫어했다. 돈은 자기가 벌 테니 나한텐 집에서 쉬길 권한 것은 다름, 아닌 그이면서 매번 시어머니의 이런 말에는 아무런 대꾸도 해주지 않는다. 그저 고개만 돌릴 뿐이었다.

"뭐 하니?"
"네? 네."

이번에도 어김없이 내 기대를 저버리고 못 들은 척 아버님과 바둑을 두기 위해 자리에 앉았다. 보이지 않게 한숨을 쉬고 앞치마를 둘렀다. 저녁 늦게까지 전을 뒤집었다. 고기를 볶고, 국을 끓이고, 밥도 몇 번을 했는지 또 상은 차리고 치우기를 얼마나 했는지 기억도 나지 않는다. 밤 12시, 드디어 동서가 왔다.

"형님, 죄송해요. 회식이 늦게 끝나서."

미안한 기색은 전혀 없는 동서의 모습에 화가 났지만, 그건 나뿐이었다. 아무도 동서에게 화를 내는 사람은 없었다. 오히려 일하고 온다고 고생했다며 들어가 쉬길 권했다.

"하아."

나도 모르고 흘러나오는 한숨. 내일은 일찍 갈 수 있을 테니…. 그 희망으로 하루를 억지로 버텼다. 드디어 다음 날 점심.

"여보!"

남편에게 눈치를 줬다. 그러나 그는 일어날 생각도 하지 않았다. 결혼 16년이었다. 부엌데기 같은 며느리 생활 지긋지긋했다. 내 엄마 집에 가는 것인데, 그것도 눈치를 봐야 한다고 생각하니 화가 났다.

"분명히 말했다. 당신 이번에도 약속 안 지키면…."

그의 옆에서 소곤소곤 이를 갈며 말했다. 그는 이야기가 끝내기도 전에 자리에서 일어났다.

"엄마, 우리 먼저 출발할게요."
"어디 가는데?"
"장모님 기다리시니까 가봐야죠."
"점심이라도 먹고 가지."

"상 차리고 기다리고 있으실 테니 갈게요. 여보, 준비해."

16년 만이었다. 그가 나를 위해 저리 당당하게 말하는 모습은 말이다. 행여 어머니가 막고 나설까 서둘러 아이들을 재촉하고 현관 앞에 섰다.

"엄마, 다음부터는 우리 점심 때쯤 갈 테니까 그렇게 아세요. 가자. 여보."

어안이 벙벙한 시어머니를 뒤로하고 자리를 떴다. 그가 처음으로 내 손을 먼저 잡았다.

"당신 변했다."
"뭐가?"
"오늘 당신 멋있었다고."
"그래?"

친정에 도착했을 때 점심시간이 조금 지나 있었다. 그의 예상대로 이미 식어버린 상 앞에서 엄마는 느릿한 동작으로 상을 치우고 있었다.

"장모님, 저희 왔어요."

결혼 승낙을 받기 위해 왔던 그때처럼 씩씩한 남편의 목소리에 엄마 눈이 휘둥그레졌다. 매년 와서 잠만 자고 가버리는 딸을 보면서 얼마나 안쓰러웠을까? 나도 엄마처럼 엄마가 된 후에야 알게 된 엄마의 서운함과 쓸쓸함과 말할 수 없는 안쓰러움이었다.

"자네, 무슨 일 있는가? 오늘 올라가야 해?"

괜히 좋으면서 기대하지 않으려 덧붙인 말에 가슴이 찌르르 아파져 왔다. 그 말이 남편의 마음도 움직였을까? 대답하는 남편의 목소리가 떨렸다.

"아뇨. 올해부터는 아버님 제사도 지내셔야 하는데, 힘드실까, 봐 일찍 왔습니다. 오늘 안 가요! 모레 갑니다. 이번엔 휴가를 좀 길게 잡았거든요."

그랬다. 지난해 겨울, 병상에 누워있던 아버지가 돌아가셨다. 그것도 명절 당일의 말이다. 엄마 힘들지 말라고 그러신 건지 몇 번의 죽을 고비를 넘기고 그날 다른 별로 가시고 말았다.

"고맙네."

첫 번째 제사를 위해 남편은 상복을 준비했고, 나는 아버지의 제사를 지낼 수 있게 되었다. 오랜만에 엄마와 하루를 온종일 보내는지 좋기만 했다.

명절이 지나 집으로 돌아오는 길, 나는 말없이 남편의 손을 잡았다.

"고마워. 당신 덕분에 나, 아버지 제사도 지낼 수 있었고 혼자 외로웠을 우리 엄마, 쓸쓸하지 않게 보낼 수 있었어. 정말 고마워."

남편은 쑥스러운지 아무 말도 하지 않았다. 그저 내 손을 쓰다듬으며 마음을 전달할 뿐이었다. 그날 이후 남편은 명절에 한 약속을 지켰다. 처음엔 노발대발하던 시어머니도 남편의 단호한 행동에 더 이상 아무 말도 하지 않았다.

"네가 내 아들 꼬드겼지?"

몇 번의 모진 말이 나에게 닿았지만, 예전과 달리 남편은 나의 손을 잡고 말해주었다.

"아니에요. 제가 그러자고 했으니 그런 말 그만 해요. 아버님 제사도 있어서 그냥 일찍 가는 거예요. 이 제껏 이 사람 열심히 했잖아요."

모르는 줄 알았다. 그러나 다 알고 있었다. 순간 울컥한 마음에 눈물이 흘렀다. 그는 조용히 나를 안아주었고, 머쓱해진 시어머님은 더 이상 이 문제에 대해 거론하지 않았다. 굳이 챙겨주지도 않았지만, 자리를 털고 일어나는 아들 내외를 막지도 않았다.

남편의 한마디의 그동안 명절에 받은 서러움이 말끔히 해소되었다.

윷놀이

온 가족이
곱게 접은 이불 앞에 둘러앉았다

손바닥의 양면으로
편을 나누고 번갈아 가며 앉았다

선두가 먼저 할지
정하고 윷이 이불 위를 나른다

경기가 이어질 때마다
쏟아지는 탄식과 감탄이 쏟아진다.

한바탕 윷판이 벌어지고
한바탕 웃음이 쏟아지고

명절에는
윷놀이 한판으로 행복해진다.

다시 시작한다

세상이 멈춘 것 같아도
시간은 계속 나아가고
난 그 물결에 맞서보려 한다

저 너머 꽃이 핀다면
꼭 그 향기를 느끼며
따스한 바람 위 날아보련다.

새봄을 다시 맞이할 때
웃음으로 마주 서도록
나 다시 시작한다.

추억속에 소망

잊혀있던 시간을 기억하고
하나둘 켜진 빛들에
빛이 되고 조각이 되어

날 선명하게 비추고
손을 내밀고 날 감싸며
한 걸음 더 내딛는다.

잊혀있던 시간을 기억하고
하나둘 켜진 빛들에

빛이 되고 조각이 되어

날 선명하게 비추고
손을 내밀고 날 감싸며
한 걸음 더 내디딘다.

우리가 만나

우연이라는 이름으로 만나
우리는 운명이란 흔적을 남기고
우리 오랜 시간을 만나

인연이라는 자리를 만들고
맘속 한 켠에 추억이 되고
깊은 여운이 남는다

생선파티를 방불케 하는 명절

어린 시절 외할머니와 함께 살았던 나는

명절이 다가올 때면

항상 내 몸집보다 훨씬 큰 생선들이 냉동고에 한 마
리씩 차곡차곡 쌓여가는 진풍경을 어김없이 보면서
자랐지.

꽁꽁 얼려진 스무 마리에서 서른 마리 정도 되는 생
선들이 베란다에 줄줄이 걸려 있는 걸 볼 때마다

우~와 라는 소리가 매번 저절로 나왔었지.

생선 크기만큼이나 굽는 것도 먹는 것도 쉽지 않았지
만, 생선을 별로 안 좋아하는 내가 먹어봐도 맛이 끝

내줬던 기억과 저 많고 커다란 생선을 어찌 다 먹을까 하다가도 대식구에 외할아버지 외할머니께 인사 드리러 오는 친척들로 인해 그 많았던 생선이 사라지곤 했었지.

그렇게 어린 시절 내 기억 속에 명절은
항상 생선파티를 방불케 하는 여러 가지 생선들과 서른 명이 넘는 친척들의 방문으로
하루 종일 인사하기에 바쁘고, 늦잠까지 시끌벅적했었던 명절이었다.

여러분들의 명절은 어떠신가요

외할머니 만나러 가는 길

외할머니와 떨어져 객지 생활을 시작하면서부터 명절은 내게 외할머니를 만나는 가는 길이 되었다.

명절 연휴가 시작되기 몇 주 전부터 전화할 때마다 "야야 언제 내려 올끼꼬" 라고, 물어보신다.

객지 생활 처음 했을 때는 며칠날 내려갈 거라고 말했더니 내가 내려가는 당일 날, 할머니가 집에 도착할 때까지 복도에 들어갔다 나왔다 하시면서 기다렸다 하길래 기다리실까 봐 언젠가부터는 말 안 하고 불쑥 내려가기 시작했다.

　지금이야 KTX가 있지만, 내가 객지 생활을 처음 할 때만 해도 무궁화호, 새마을호밖에 없어서

　편도로 5시간 넘는 거리를, 기차를 타고 내려와야 했지만, 외할머니를 볼 수 있고, 할머니표 밥을 먹을 수 있다는 생각에 명절 연휴에 외할머니 만나러 내려가는 길은 마냥 즐거웠던 반면, 연휴를 끝내고, 다시 기숙사로 돌아가야 할 그 시간이 싫었고, 외할머니와 떨어지기 싫어서 올라가는 기차 안에서 어린애처럼 울 때도 많았었다.

　세월이 훌쩍 흐른 지금도 명절 연휴가 시작되면 외할머니를 만나러 KTX에 내 몸을 싣는다.

　코로나와 개인적인 사정이 생겨 5년 가까이 못 내려갔다가 작년에 오랜만에 내려갔었는데,

　몇 년 만에 내려가는 길이라 참 멀게 느껴진 건지, 아니면 나이가 들었고, 내 몸에 생긴 통증이 좀 더 심

해져서 그런 건지는 잘 모르겠나, 이제는 외할머니 만나러 가는 익숙한 길이 아주 멀고도 멀게만 느껴진다.

하지만 난 다가오는 이번 명절에도 외할머니 만나러 KTX에 내 몸을 실을 거다.

새해맞이

새해 설날 아침,
알록달록 꼬까옷을 차려입고
큰집에 모두 모이네.

아이들은
용돈 생각에
앞다투어 세배드리고,
가족들은
새해 떡국 먹으러
옹기종기 모여있네.

떡국 한 그릇에 나이 한 살.

형님이 될 생각에

아이들의 얼굴에 하하하 웃음꽃이 활짝.

집집마다 행복한 호호호 웃음꽃이 활짝.

매일매일이 행복한 설날 같기를.

추석 보름달

추석날,

느지막한 밤이 되어

창밖을 물끄러미 바라보니

동그란 구슬 같은

보름달이 두둥실 떠 있다.

너도나도

보름달에 소원 빌러

좁은 창가를 내디보며

서로서로

마음속 깊은 소원을 빈다.

모든 소원이

한데 모여

꿈만 같은 환상의 빛을 일으킨다.

단순히 '명절'이라고만 생각하지 말아줘요

우리가 알던 옛날 명절은 집안에 할머니 할아버지 댁을 찾아가 함께 음식을 차리고 한복을 입은 채 세배를 하는 풍경이 다양했지만, 지금은 그렇지 않죠. 코로나19 이전엔 바쁘다는 핑계로 멀리하던 식구들을 이젠 비대면이라는 핑계로 거리 두기 하더니 자리를 함께하는 것이 부담스럽다고 돈을 부치는 것에 그치는 경우가 다반사입니다. 그저 사랑스러운 손주 한 번 보고 싶어 제발 내려오라는 어른들의 부탁에도 불구하고 화면에서만 볼 수 있는 영상통화로 대신하곤 하는 시대에 명절은 그저 빨간 숫자를 빙자한 휴일이 되어가는 것만 같습니다.

그 마음을 이해 못 하는 것은 아니에요. 만나면 마냥 행복하기만 한 것은 아니니까요. 잘 되라는 어른들의 말씀이 어찌 그렇게 아픈 곳만 콕콕 찔러대는 것인지 오랜만에 만난 사이인데도 꼭 안 풀리는 일들만 걸고넘어지는 것이 소름이 돋을 정도니까. 그래도 어쩌겠어요. 당신들이 다 겪어본 시기마다의 경험담인 것을. 당신들도 우리 나이에 반드시 겪어야만 했던 과정인 것을. 삶에 치여 비틀거리다가 한번 주저앉아 숨 고르기를 할 때면 괜히 나만 그런 느낌이 들 만큼 눈물이 쏙 빠지는 타박을 하기 일쑤니까.

말하기 싫어도 해야 하는 이 마음을 어떻게 알겠냐며 으름장을 놓는 모습이 싫어 요즘은 그런 말도 나온다고 하죠. 불편한 말을 할 거면 돈을 미리 주라는 웃픈 이야기 말이에요. 그럼에도 불구하고 살다 보면 저희도 언젠가는 그런 나이가 오겠죠. 애석하게도 같은 라테를 끓일 거고 듣는 이들은 어느 정도의 불편함을 감수해야 할 겁니다. 가끔은 불만을 대놓고 표출

하는 경우도 적지 않을 거예요. 그런데 생각해 봐요, 우리의 모습이 닮고 싶지 않던 어른들의 자화상은 아닌지를.

나이가 지긋하게 살아가다 보면 내 잘못들을 먼저 곱씹게 된다고들 합니다. 살면서 이런 잘못을 해서 고생을 한 것이 아닌가 싶은 노파심에 아이들에게는 그 경각심을 일깨워주기 위해 최선을 다해 자신들만의 방식으로 경고하는 거나 마찬가지인 셈이죠. 여전히 어린아이들에게는 불편한 말의 연속일지 몰라도, 당신들만의 사랑의 염려였다고 생각해 보면 이해가 전혀 안 되는 것도 아닙니다.

이 이야기를 꺼내는 이유는, 명절날 듣기 싫은 소리로 스트레스를 받느니 바쁘다는 핑계로 둘러대다 적당히 내려가지 않고 차일피일 미루는 순간을 가장 중요하게 생각해야 한다는 것에 있어요. 가까이 살지 않는 사람들이라면 일 년에 한두 번 부모님을 뵐까 말까 하는 바쁜 시간을 살아야 하는 것이 대부분인데 그간 좋든 싫든 마지막을 향해 가는 분들이 그런저런 핑계로 제대로 된 이야기 한번 깊이 나눠보지 못한 채 우리 곁을 떠날 때의 상황을 염두에 두어야 한다는 겁니다. 불과 일 년 전, 할아버지께서 세상을 뜨실 때 저도 같은 말을 했습니다.

"이번 명절은 그냥 간단하게 지내고 왔으면 한다." 라고. 건강하신데 뭐 별일 있겠나 싶었고, 아무런 이상 증세도 없었기에 가족들뿐 아니라 가장 가까이 계시는 할머니조차도 그 사실을 알지 못했습니다. 마지막일지 모를 명절을 보내고 조금 더 오래 있다 가지 그러냐며 아쉬워하던 할아버지께선 갑작스러운 심장마비로 세상을 떠나셨습니다.

인정하고 싶지 않은 사실에 가족들 모두는 충격을 받았고, 당연히 저녁에 안부 인사차 들러보자던 어머니께선 너무도 놀란 나머지 신발도 제대로 신지 못하시는 모습에 마음이 아프더군요. 항상 먹고살기 바쁘다는 핑계로 언제 올 거냐는 연락을 무시하며 '다음에'라는 단어를 버릇처럼 사용하다가 별안간 이렇게 가족을 잃게 되니 주마등처럼 보고 싶다고 말하던 할아버지의 모습과 표정이 스쳐 간다고 말씀하시며 씁쓸해하던 아버지께선 남몰래 눈물을 흘리기도 하셨었죠.

번거롭더라도 자주 들를걸. 아프신 곳이 없더라도 귀찮은 발걸음 재촉해서 살펴볼걸. 당신들은 나이가 들어서 아프다고 하시지만 사실은 부담이 될까 염려해서 괜찮다고 손사래를 친다는 것을 알면서도 '설마 무슨 일이 있기야 하겠어.' 이런 안일한 마음에 한눈팔고 있는 순간에 이별할 수 있다는 것을 머리로는 알면서 언제나 직접 실천하기는 참 힘들다는 것. 이제 어떤 핑계를 대서도 만날 수 없는 할아버지를 생각하며 보낸 일 년 사이에 우리 가족은 혼자 남으신 할머니를 더 지극정성으로 챙기는 버릇이 생겼습니다. 이번 명절은 어떻게 보내나 하는 말도 더 이상 나오지 않을 만큼 말이죠.

여러분들도 순간의 불편함으로 정말 지켜야 할 소중한 시간을 잊어버리고 있지는 않으신지요. 가끔은 싫은 소리도 삼켜낼 줄 알아야 현명한 인생을 살 수 있다고들 합니다. 불편한 마음으로 가는 것도 예의는 아니지만, 꼭 가야만 나눌 수 있는 시간도 반드시 있는 법이니까요. 잃어버리고 나서 후회하기보다는 보고 싶은 얼굴을 볼 수 있을 때 한 번이라도 더 찾아뵙는 건 어떨지 생각해 볼 수 있는 시간이었습니다. 이젠 핑계로 피하는 것이 아닌, 핑계로 더 찾아갈 이유를 만들어 보는 것은 어떨까요? 돌아오는 명절에 여러분께서도 그 순간에만 할 수 있는 것들을 해내셨으면 하는 바람입니다.

달력을 한 장쯤 넘긴 뒤에

새로운 해가 되어도 한국의 명절은 조금 늦다. 12장의 달력을 한 장 넘긴 뒤에야 오는 설날, 양력으로 제작된 달력이 처음 시작하는 날짜인 1월 1일보다 이날에 사람들은 더 큰 의미를 두고 저마다 귀향길에 오른다.

올림픽도 성대하게 그 시작을 축제로 여기는데 1달이나 늦은 축하라니, 아이러니한 방식이 아닐 수 없다. 하지만, 어쩌면 이게 맞는 기념의 방식일 수도 있구나, 새해를 맞아 야심 차게 운동하기하기해서 헬스장에 등록하면서 그런 생각을 했다.

헬스장에 들어가 처음으로 운동복을 갈아입었을 때의 고조감은 이루 말할 수 없다. 다짐의 크기도 엄청 큰 것 같고, 이 정도면 나는 어떤 어려운 도전이라도 해낼 수 있을 것 같다. 하지만 친구들과의 약속을 핑계로, 근육통이 심한 것을 핑계로 조금씩 쉬다 이내 태산과도 같던 의지는 무너져 내린다. 그렇다면 한 달이 지나 운동이 어느 정도 습관이 되는 것이야말로 쉽지 않은 일이 아닐까? 그런 과제를 달성하는 것이 오히려 더 기념해야 할 일에 가깝지 않을까?

어떤 새로운 일을 도모할 때는 며칠 가지 못해 작심삼일이 되기 마련이다. 호기로 대신 채웠던 술잔은 어디로 사라지고 도전이 흐지부지된 후 방에 누운 채 민망하게 천장을 쳐다보며 후회하기 일쑤다. 그렇기 때문에 우리는 어느 정도 그 새로운 일이 자리를 잡고 나서 온전히 까지는 아니어도 꽤 '내 것'이 되었을 때 그때를 진정한 시작으로 보는 것이 맞지 않을까? 그렇게 나는 달력을 한 장쯤 넘긴 뒤에 찾아오는 명절의 역설에서 삶의 교훈을 하나 얻었던 것 같다.

2월은 계절의 끝인데

사계의 마침이 지금 한 시작과 맞닿아있다.

각자의 명절

누가 처음 이날을 기념했나

손이 시리던 날을 용케도 견뎌내고

볕이 성큼 다가와 얼굴을 간지럽힐 것을 알고 그런

것인가.

이제부터는 참 잘될 거야.

2월은 계절의 끝인데

나는 오늘 다시 시작하네.

명절에도 응급실은 열려있어요

외래는 휴진이라 북새통이 되는 응급의료센터로 나는 출근을 한다.

명절이면 다들 공통적으로 가족, 친척들과 화기애애한 시간을 보내지만 우린 언제 어떤 응급환자가 올지 모르기에 긴장한다.

연령 불문 설날에도 추석에도 항상 떡을 먹다 기도 폐쇄가 발생한다거나 교통사고로 내원을 많이 하다 보니 평소보다 더 바쁜 시기가 명절이다.

오프이신 선임 선생님들과 파트장님께선 가족들과 좋은 시간을 보내라면서 근무하는 선생님들께 전, 튀

김, 떡, 식혜를 돌려주시며 격려해 주시는데 그럴 때 우리는 감동한다.

특히 본가에서 멀리 떨어진 곳에서 자취하여 본가에 자주 못 가는 선생님들은 아마 더 그럴듯싶다.

명절 근무 중 가장 안타까운 순간을 뽑자면 명절에 가족들이 모여 행복한 시간을 갖던 도중 갑작스러운 심정지나 떡이 기도로 넘어가 기도 폐쇄로 세상을 떠나는 분들을 마주하면 유가족분들께 안타까운 마음이 가득해진다.

티 내지 못하는 이유는 응급의료센터는 명절에도 생과 사를 넘나드는 일선 현장이고 나는 거기 직원이니까.

명절에 단란한 시간을 보내길 바라며 명절이라도 아프면 꼭 응급실로 내원해 치료받으시길 바라는 게 내 심정이다.

항상 거듭 강조하고 싶은 말이 있다.

'명절에도 응급실은 열려있어요.'라고

단란한 시간과 원한의 시간 사이
그 중심은 명절

명절이란 무엇일까

누군가에겐 가족, 친척들과 단란한 시간을 보냄과 동시에 누군가에겐 친척들의 잔소리, 불화, 다툼이 공존하는 시간이다.

나는 개인적으로 명절을 싫어하는 게 친척들 간의 사이도 좋지 않을뿐더러 본가와도 절연했기에 명절은 출근하는 빨간날이다.

뉴스 기사를 찾아보면 가족, 친척 간 고부갈등이 가장 잦은 날 중 하나가 명절이고 명절이어도 어디 가고 싶지 않다는 답변도 많이 보곤 했다.

내 기억 속의 명절은 친외가 구분 없이 본가와 친척들과의 다툼이 끊이질 않았고 항상 그 주요 원인은 언제나 나란 존재였다.

그리고 헤어질 때면 언제나 씩씩거리며 헤어지고 좋은 감정이란 게 전혀 없었던 그간의 명절이라 나는 오히려 출근하는 게 좋았다.

외가쪽은 돈과 나의 편식 문제로, 친가쪽은 제사와 나의 진로 문제로 다툼이 많았는데 특히 친가쪽이 가장 최악이었다.

제사를 지내는데 나는 제사상에 절을 올리려 하면 정신이 흐릿해지고 몽롱해져서 쓰러지는 경우가 다반사였는데 그럴 때마다 친가 사람들은 "사내새끼가 하기 싫으니, 별짓을 다 한다."며 나를 구박했다. 그러고는 내 손을 펴보게 한 뒤 나는 기계가공, 설계 쪽으로 가야 성공한다고 가스라이팅을 했다.

내가 초5가 된 그해에 친가 쪽 작은아버지 한 분이 급사하셨다고 했다. 솔직히 나는 아무 감정이 들지 않았던 게 당시 그 작은 아버지가 나를 가스라이팅 하는데 주도하는 1순위였으니까.

그 후 친가에 방문하는 일은 일절 사라지며 명절에는 무조건 외가만 갔는데 나는 마음이 오히려 편했다.

적어도 외가는 편식이 심한 내 특성을 화내는 건 어찌 보면 당연하니 당연한 걸 지적하고 돈 문제는 나랑 상관이 없지만. 친가는 가스라이팅을 해대며 정신

적으로 나를 괴롭혔다.

단란한 시간과 원한의 시간 그 중심은 명절이 아닐까?

엄마의 잔소리

애야,

꼭꼭 씹어라.

애야,

반찬 골고루 먹어라.

애야,

몸에 좋은 것 좀 먹어봐라.

365일

어머니의 잔소리

이제는 명절이나 돼야

겨우 들을 수 있어 그립다.

팍팍한 사회는
나를 향해 질타의 잔소리를 퍼붓지만
어머니의 잔소리는
나를 위한 사랑의 걱정의 한마디였다.

그땐, 내가 너무 어렸나 보다.

가까운 곳에 있지 못해
시간 여유가 되지 못해
더 그리운 엄마의 잔소리

명절이라는 핑계 삼아
보고 싶은 어머니의
그리운 잔소리 들으러
오늘 기차 한편에
지친 몸을 싣습니다.
보고 싶고, 사랑합니다.

                                        어머니

핑계

출근길 버스에 앉아
좋아하는 가수 목소리

점심시간 밥 먹으며
어제 못 본 드라마 주인공 모습

퇴근길 집 앞에선
아무것도 하지 않는

문득 보고 싶어지는 어느 날 어느 어른

이번 명절 핑계 삼아
버스에선 엄마 목소리
밥 먹으며 나를 보는 아빠
일상으로 돌아가는 문 앞에선
아무 날도 아닌 것처럼
사랑해요. 또 올게요

명절은 좋은 핑곗거리

매일이 명절

달력에 빨갛게 칠해진

모두가 기다리는 맛있는 날

밥상엔 따뜻한 거 튀긴 거 구운 거

다 내가 좋아하는 맛있는 거

만들면서 먹은 것만 두 그릇

앉으면서 먹는 거만 오잉

부른 배를 보면 그릇 수가 무슨 소용이야.

다들 맛있게 즐겁게 배부른 날

일 년에 몇 번 없어 아쉬운 맛있는 날

하지만 명절이기에

맛있는 하루야

매일이 명절이어라

올바른 명절이란

시끌벅적한 분위기.

화기애애한 장면.

따뜻한 가정의 모습.

'명절'을 생각해 보면, 이와 같은 것들이 생각난다.

하지만,

누군가에겐 이런 모습이 아닐 수 있다.

우리는 가족이라는 단어로 엮어있는 사이이다.
이는, 피로 연결되어 있다는 것을 의미한다.

모든 가정이 화목할 수 없고,
모든 부모님이 좋을 수도 없으며,
모든 친척이 멋진 어른일 수 없다.
'참견'과 '간섭'이 난무할 수 있다는 의미이다.

남에게도 관심이 많은데,
핏줄에게는 얼마나 많겠는가.

심하게는 부모도 뭐라 하지 않는 것을.
친척이 간섭하기도 한다.

피로 엮여 있지만, 따로 산 지가 수십 년이다.

따지자면 가까이 지내는 남보다 못한 사이일 수 있다
는 것이다.

명절이라는 시간 아래에,
행복한 시간을 가지기 위해서는
서로가 존중을 유지해야 한다.

그리고 이 분위기 아래에서
정을 나누면 된다.

"명절의 '정'은 사람 사이에 배려가 존재해야만
긍정적인 영향을 끼칠 수 있다."

살을 날리는 설 (설날 편)

한 배에서 태어난 어른들은
웃으며 살을 날리니
뜨겁게 오가는 살을 피하려
아이는 집을 떠나고

달력에 칠해진 붉은 날짜는
경고의 뜻이 됐으니
텅 빈 거실은 이기심에 눌린
그대들의 탓이리라.

창밖에 부는 겨울바람보다
안 바람이 매서우니
따스하게 상을 차려 놓은 들
차게 식기 십상이요.

해마다 한 살 한 살 먹을수록
깊은 한숨만 얹히니
새로이 맞는 설날의 아침은
이내 넝마가 되었다.

큰 달님 오신 날 (정월대보름 편)

자 그대는 떡국을 얼마큼 먹었는가
내 그만큼 세어 호두를 내리겠노라

쿵쿵 망치질에 깨지는 액귀를 보라
둥근 달을 삼키니 부럼이 깨졌구나

아 달님이 내려오신다니 어서 나가
큰 달집을 지어 한바탕 뛰놀아보자

달님 따라 둥글게 불꽃을 휘두르자
우리 마을 곳곳에 달님 가득하구나

활활 타는 불꽃에 액귀가 삼켜진다
홀홀 쪼인 불꽃이 웃음꽃 피우리라

달님과 한바탕 한 정월대보름이라
숨결은 뜨겁고 눈빛은 밝아졌구나

친히 반기신 달님의 온정 끌어안아
나 헤매지 않고 힘차게 나아가리라

음력 5월 5일로부터 (단오 편)

보리 이삭을 거두는 때가 돌아왔으니
힘내어 푸른 논밭을 다시 일궈보세나

짙은 봄의 향을 풍기며 힘을 자랑하니
마을에는 감히 병마가 설 곳도 없구나

파릇파릇한 창포를 풀어 몸도 적시니
잿빛의 재액이 노릴 틈이 어디 있으랴

천지 가득히 양기를 품은 날을 즐기니
매서운 계절이 돌아와도 이기겠구나

훗날 오늘이 잊힌다 해도 단오 기운이
우리 아이의 길을 밝히면 된 것이리라

막걸리

아침부터 뽀야안 싸라기눈이 송이송이 내린다.

도톰한 스웨터를 뚫고 들어온 시린 냉기가 내 마음까지 닿은 듯 서늘한데 열흘 후면 다가올 설맞이를 떠올리니 알 수 없이 마음부터 조급하다. 하지만 게으른 나의 몸은 아침 내내 이불 속에서 늑장을 피워댄다. 이제는 일어나야 하기에 느릿느릿 몸을 일으켜 침대에 걸터앉았다. 냉증을 가진 차가운 나의 두 발을 온돌바닥 위에 내려 본다. 지난밤 데워진 뜨끈한 온기가 맨발로 스며오자 찌뿌둥했던 온몸이 저절로 풀어지는 듯하다.

오늘의 숙제, 이제 명절선물을 준비해야 하는데, 무엇이 좋을까, 매년 하는 일이지만 고민이 많다. 혼자만 앉을 크기의 동그란 탁자에 앉아서 해마다 나눴던 선물 적힌 작은 수첩을 꺼내 살펴본다. 멸치, 미역, 김, 사과, 배, 년도와 함께 조로록 쓰인 맛있는 먹을거리가 선물에 대한 고민을 하나씩 더 늘려주는 것 같다. 나는 항상 먹을 수 있는 선물을 준비하는데 그것은 나눠 먹기 좋아하는 나의 습성 때문이다. 종이 위를 가만히 들여다본다. 보자, 보자, 그것만 없는 것 같은데 올해는 이걸로 해야겠다.

나는 가게에 들렀다. 내가 사야 할 그것이 판매되는 곳이다. 80년대에 보던 됫병 크기의 병들이 줄을 맞춰 나란히 있다. 치치직 치익 하며 솟구치는 옛 추억과 함께 탄산의 방울을 먹은 미색의 깔끔함이 인상적이다. 주머니 속 적어 온 메모를 펼쳐보며 빠트리지 않고 사람 수에 맞게 구매했다. 그러다가 문득 떠오른 기억에 울컥하고 만다. 아,,, 아빠. 당신 곁에 언제나 두었던 행복.

집으로 돌아가는 길에 아버지의 놀이터에 몇 달 만에 들렀다. 당연히 아무것도 없고 아무도 없는 휑한 텃밭이었다. 우두커니 서서 멍하니 밭을 쳐다보다 아버지의 아지트였던 허름한 나무판자 농막으로 향했다. 삐거덕대는 문을 열고 들어가자, 그곳에는 아버지가 마시다 남긴 막걸릿병 하나가 볼품없이 있었다. 나는 그것을 모르는 체하고 나와선 바쁜 걸음으로 길을 나섰다. 얼마쯤 시간이 흘렀는지 금세 나의 차는 집 앞에 다다르고 있었다. 그사이 붉게 열이 오른 나의 뺨에 이슬이 맺혀 젖어 내린다.

엄마와 명절, 나

잔잔한, 오래된 집의 벽지 냄새, 끈끈한 옛날 집의 장판을 밟고 올라서는 느낌, 아파트가 아닌 낮은 천장의 주택과 2층짜리 돌계단 등이 떠오른다. 트렁크에 싣다 못해 후방을 보지 못할 정도로 뒷좌석까지 꽉 찬 명절 음식들, 꼬불꼬불 산길을 달리면 상상도 못할 위치에 있던 목욕탕, 누우면 거실 가득 들어오던 유난히 붉은 시골 가로등의 불빛까지. 이렇게 명절에 대한 앤솔로지가 나올 수 있어 너무 행복하다. 일 년에 몇 번 찾아오지도 않는 이 명절에 마음 다치지 말고, 부디 모두에게 소중하고 제각각의 방식으로 복을

잘 얻어다 주는 날이 되었으면 하는 읽혔으면 하는
마음으로 회복에 관한 글을 전한다.

1.

기억되지 못하는 날들이 있다. 그러니까, 자의에 의
해 기억되지 못하는 날들.

깊게 파고 들어간다. 옷을 욱여넣은 장롱 안으로,
그 천 무더기 안으로 비집고 들어가서 치마 한 벌을
찾겠다고 소매인지 무엇인지도 알 수 없는 부분을 헤
집는다. 세탁소 비닐들을 이리저리 헤치면서 두꺼운
울치마를 찾는다. 여름이었는데도 불구하고, 그냥 치
마가 입고 싶다는 마음으로, 아마 누군가에게 잘 보
이고 싶었을 마음을 우선으로. 곧 그 장롱은 어떤 집
으로 변한다. 불을 끄면 현관문 맞은편에 보이는 바깥
창고에서 들어오는 희끄무레한 빛에 잉어 자수가 박
힌 칸막이가 유난히 무서워 보였던 집. 불현듯 예전
외할머니댁으로 기억이 도착한다.

집에서 외할머니댁까지는 차로 멈추지 않고 네 시간이 걸렸다. 외할아버지 댁이라고 부르지 않았다. 어린 마음에는, 적어도 내 이름을 정자로 다정히 불러주신 할머니가 계신 집이라서 좋았다. 첫 손주였고, 실제로 앨범을 보면 사랑을 많이 받았을 법한 아이가 마구 재롱을 부린 사진이 베이지색 부케가 그려진 커버의 구제 접착앨범에 가득이었다. 나의 뇌는 그런 것들을 오래 기억하지 못하는 병에 걸린 듯 그 시절이 새까맸다. 이토록 사랑을 많이 받았더라면 행복하고 잘 웃는 사람으로 컸을 법한데. 20대 중반이 되었으면 적어도 추억의 한두 개는 재잘거리며 이야기할 법도 한데. 그것들을 다시 기억하게 할 요소가 전혀 없는 세상에서 살게 될 줄은, 그 집이 사라질 거라는 생각을 하지 못한 것처럼 전혀 몰랐다.

그저 사진 속의 내가 낯설다는 이유로 그 사랑을 부정해서는 안 된다는 것도 알고 있다. 내가 얼마나 잘 웃고 활발했던 아이였는지 보다 지금과 얼굴이 똑같은 엄마가 더 신기했다. 옛날 방식의 이상하고 진한

화장을 지운 그대로의 얼굴이 내가 태어났을 때도, 걸을 때도 똑같았는데. 괜히 나의 변한 얼굴과 엄마의 변하지 않는 얼굴 탓을 한다. 서로 다른 시간의 속도 탓에 우리가 멀어진 거라고.

엄마가 그런 이야기를 한 적이 있다. "어쩌다 설날에 영화관을 갔는데 사람들이 가득하더라. 이상하지. 모든 사람이 시댁에 내려가서 전 굽고 제사 지내고 도로 위에서 징그럽게 시간 보내고 오는 줄 알았어." 말 잘 듣는 딸의 철없는 딸은 정말 미안하게도 그런 엄마가 낯설었다. 그때, 하루 쉬고 영화 보러 가자, 길어봐야 2시간 남짓인 영화 보고 싶은 거 있냐는 질문조차 하지 못할 만큼 집에서도, 엄마에게서도 벗어나고 싶은 마음이 더 컸다.

엄마는 그 말을 한 이후로부터 명절을 이야기할 때면, 얼굴부터 붉혔다.

명절은 곧 엄마였고, 엄마는 곧 명절이었다. 엄마가 힘들지 않아야 나도 힘들지 않았으니까. 언제나 같은 상처를 받는 엄마도 어느 정도 나를 잊고 살아줬으면 하는 이기적인 마음. 엄마를 위해 살라는 말에는 항상 들어선 안 될 것을 들었다는 듯 눈도 마주치지 않고 고개를 젓던 엄마의 속마음을 듣고 싶다가도 그러기 싫은, 딸의 걱정과 미움 섞인 애증이 꼬인 목걸이처럼 남았다. 꼬인 목걸이가 예쁘게 풀어져 있던 시절을 생각하며, 뭉친 부분의 실마리를 찾고 있다. 하지만 언제나 목걸이는 목걸이고 엄마는 엄마다.

목걸이는 여러 개, 엄마는 한 명이다.

2.

어른들의 뒷담에 상처받았던 아이는 커서 자신의 이름이 들릴 때마다 흠칫 놀란다. 후각에 예민한 며느리들은 명절 음식의 쩐 기름 냄새 때문에 한동안 집에서 자신이 만든 음식 냄새에도 이마를 짚는다. 장거리 운전에 지친 아버지들은 집 정리를 돕고 싶어도 쏟아지는 잠을 이기지 못한다. 항상 똑같은 명절인데, 서로가 서로를 씹을 것들이 왜 이리 많은지 내내 언성을 높이는 부모님은 결국 기를 세워주지 못한 자식 탓을 한다. 첫째, 둘째 그리고 셋째의 기 싸움에 도발은 있을지언정 중재자는 없다.

이 가족에 내가 속해있다는 것이 자랑스럽지 않다.

죄책감과 해방감을 동시에 느낄 수 있다는 것이 매년 놀랍다.

잘못한 사람 한 명 없이 빙 둘러싼 자리의 밥상에는 아직 차별과 의무, 죄책감이 만연하다.

해야 되니까 하는 가족 행사였다. 명절은 그런 날이었다. 동화와 동요는 전부 거짓말이었다. 매년 그 거짓말에 속는다. 이제는 속지 않는다.

명절의 무게가 얼마나 무거운 것이든, 나는 배우자에게 이날 때문에 배신감을 주지 않겠다고 결심한 것은 그날이었다. 자세한 이야기는 엄마가 해주지 않아 듣지 못했지만, 어느 밤, 아마 설날, 춥고 시린 겨울의 한밤중, 엄마는 안 그래도 빨간 얼굴에 눈시울이 퉁퉁 부어 울고 있었다. 아빠의 표정이 어땠는지는 기억나지 않는다. 그리고 그때 아빠의 마음이이 어땠는지도 모른다. 아빠는 그대로 짐을 챙겨 떠났고, 엄마는 아무 말 없이 설거지를 시작했다. 내가 태어나 처음으로 들었던 말이었다. 엄마가 '내 옆에 있어 줘. 나 힘들어. 이번 한 번만 가지 말자. 집에 있을래.'라고 말했다.

친척들은 엄마에게 고민을 곧잘 이야기했다고 한다. 사람들은 나에게 곧잘 남에겐 잘 하지 않는 속마음을 이야기한다. 우리는 서로 그런 사람이 되어주지 못했다. 듣기만 잘 듣는 귀를 가지고 멍청한 입을 떼지 못하고 쓰지도 못했던 둘이었다. 이제는 안다. 엄마의 세계와 나의 세계는 같을 수 없다는 것을. 엄마의 세계를 내가 여행하기에는 너무 멀다. 엄마를 안아주기엔, 엄마가 너무 베일 듯 아프다. 엄마의 상처를 이해하기에는 내가 너무 멀다.

바다가 보고 싶고, 바다가 그리워도, 그저 멀기만 하다. 마치 내 세상에 바다가 없었던 느낌처럼.

정말 사랑이 모든 것을 이길까? 이게 정말 맞는 말

이라고 생각하고 싶다.

마치 가족끼리의 사랑은 잘못 맞춘 안경처럼 보여야 할 것도 보이지 않게 만드는 힘이 있을지도 모르겠다고 생각한다. 사랑의 순서는 사람을 이기적으로 만들지는 몰라도, 사실 그 모순이 사랑 아니던가-. 그렇다면 모든 사랑이 이길 수는 없다고 인정해야 하나.

화목한 명절을 보낼 수 있었으면 했고, 그것은 결국 사람의 관계가 만들어 나가는 것이었다.

전통은 시간만 오래 쌓였다 해서 대우받는 것이 아니다. 모든 면에는 그늘이 있다. 그늘이 없는 곳에서는, 오히려 빛이 가득한 곳을 바라보면 그늘을 내가 만들고 있는 것 같다는 생각에 한숨을 쉬며 다시 그늘을 찾게 된다.

아이가 바라는 명절은 동화책 삽화에서만 선명했다. 눈치로 시작해 닦달로 끝나는 명절 속의 기억을 바꿀 수 없을 거라 생각했다. 그마저도 상처 중에 하나라고 겨우 꺼낸 이야기에 네가 왜 상처를 받았냐며 도로 묻던 엄마도, 명절에 대해 단 한 번도 이야기를 나눠본 적 없는 아빠도 내가 알 수 없는 부분들이 있을 터였다.

그렇기에 가족이란, 아무리 혈연이라고 한들, 완벽히 하나의 모양으로 겹칠 수 없다. 사람을 이해하기 위해선 그 사람이 사는 곳을 들여다봐야 한다. 그러면 열에 아홉, 그 사람을 이해할 수 있다. 하지만 그런 용기를 가지는 것은 쉽지 않을 것임을 안다. 잘못 건드리면 튀어 오르는 전기선에 맞아 뻘겋게 부어오른 살갗에서 심장이 얕게 뛴다.

나는 엄마를 다른 사람에게 소개하고 싶을까. 우리 엄마야. 우리 엄마 예쁘지? 내가 엄마를 닮았어야 했는데. 그럼 이렇게 안 살고 있었을걸? 엄마도 똑같이 이야기했다. 외할머니를 닮았어야 했다고.

우리는 서로가 자랑스러울까? 명절마다 눈치를 보며 바들거리는 입꼬리를 꽉 붙들고 있는 엄마와 불편함을 잊기 위해 하루의 반을 잠을 자는 척하던 내가 명절을 극복할 수 있었던 방법은 과연 있었을까?

정적이 흐르는 명절에 대해서 상상해 본 적이 있다. 오롯이 행동과 표정, 눈짓으로만 대화하는 고요한 시간을 딱 한 시간만이라도 바란 적이 있다. 가족의 수가 많을수록, 자녀가 많을수록 행복하다는 것을 미치도록 배우고 싶었다. 사실은 그럴 수 없었지만, 그 탓을 부모님에게 돌리고 싶지도 않다. 하지만 적어도 나로 시작되는 가족부터는 절대 고립을 느끼게 해주고 싶지는 않다. 명절의 방식에 죄책감을 가지거나 외롭거나 지치지 않기를 진심으로 바란다.

진심으로 여전히 명절은 어렵다.

서서히 사라지는 것들

세월의 반복 속에 서서히 사라지는 것들이 늘어간다. 군이 '상전벽해'를 인용하지 않아도 예전의 추억이 가득한 장소를 방문했다가 기억하고 있던 어느 것도 사라지고 없어 황당했던 경험이 있을 것이다. 장소만 그러하랴. 사용했던 사물 또한 급변하는 시대를 가장 민감하게 보여준다. 골동품 취급 받는 핸드폰이며 CD 플레이를 보아도 알 수 있다. 이는 보이지 않는 무형의 생활 습관이나 관습에도 적용된다. 차별적 표현이 상당히 고쳐지고 있고, 어딜 가나 순서를 지키며 한 줄 서는 모습도 자리를 잡은 듯하다.

또한 단오니, 정월대보름이나 한식, 동지 등 세속 풍습을 지키며 그에 맞는 음식이나 풍속을 지키는 이들은 점점 줄어들고 있다. 바쁜 현대 사회에서 그런 것들은 우선순위에서 밀려났거나 그저 옛것이라는 생각에서 지나치는 것이리라.

민족 대명절이라는 설날과 추석 역시 상당히 축소되어 주위에 차례 지내지 않는 가정이 점점 늘고 있다. 유교적 형식에 불과하다는 생각으로 본인의 종교와 맞지 않으니, 형식은 따르지 않으나 그래도 연휴는 반가운 현대인들은 고향 대신 여행지로 떠난다.

종갓집 맏며느리인 엄마도 아빠에게 시집오기 전까진 두 번의 차례며 제사 합하여 일 년에 13번이나 치러야 하는 제례의 무게를 몰랐다 한다. 아직 학생인 시누이와 시동생의 뒷바라지까지 할 줄을 스무 살 아가씨가 어찌 계산했을까. 그런 의미에서 사랑은 참 가혹한 책임을 떠안게도 한다. 지금에는 결혼에 감히 명

함도 못 내밀 아빠의 층층 시댁 조건들이 그 당시로
선 웬만하면 감당할 누구나의 조건이기도 했다.

　명절 한 달 전부터 엄마는 차례상 준비로 분주하다.
얼마나 차이 날까 싶어도 굳이 자갈치 수산시장까지
가서 생선을 사야 했고, 부전시장 과일이 얼마나 더
싱싱할지 모르나 택시도 타지 않고 그 짐을 버스 타
고 왔다 갔다 하는 수고로움은 어린 나에게 그렇게
비효율적일 수가 없었다. 여기저기 시장들을 다니며
장만한 차례 거리가 늘어나고 명절이 코앞까지 닥치
면 우리 남매들을 데리고 새 옷을 사러 간다. 요즘 아
이들에게는 그 이름조차 낯선 추석빔이니 설빔을 마
련하러 간다. 이때가 아니면 온전한 내 옷을 사는 경
우가 드무니 우리에겐 귀한 명절이었고 큰 기대를 하
게 하는 날이다. 늘 그렇듯 형제 모두가 한 벌씩만 사
도 만만찮은 비용이니 원하는 브랜드며 디자인 옷을
사 입는 경우는 드물다. 그나마 물려줄 동생이 있는
나로선 제 사이즈 옷을 사 주지만. 언니는 항상 몇 치

수 큰 옷을 접어 입어야 했다. 그래도 새 옷을 입고 뽐낼 명절을 손꼽아 기다리던 시절이었다. 다시 엄마의 주머니로 거의 들어갈 세뱃돈일지언정 덕담과 함께 주어질 귀한 용돈에 그저 들뜨는 명절이었다.

그믐날에는 방바닥에서 꼬들꼬들하게 굳어가는 가래떡을 어슷 써는 엄마 곁에서 쫀득한 떡 꼬다리를 얻어 먹고, 튀긴 쌀과 조청을 섞어 동글게 빚은 강정을 비닐 한가득 툭툭 던지며, 자면 눈썹 희어진다는 말에 졸린 눈을 비비대던 어린 딸이었다. 추석 보름 전날은 같이 반달 송편을 빚으며 어른들의 온갖 얘기 듣는 게 재미있었다. 송편 예쁘게 빚는다고 예쁜 딸 낳겠다는 말을 들으면 괜스레 부끄러운 달밤이었다. 큰 가마솥에 알싸한 솔잎 넣은 송편이 무럭무럭 익어가는 밤, 결국 엄마 옆에서 졸다 잠드는 그런 밤이었다.

기름진 냄새와 온갖 색색의 음식들과 밤새 시끌벅적했던, 고단하면서도 풍족했던 명절은 이제 어느 별

에나 있을지 모르는 옛 추억의 저편으로 사라졌다. 차례보다는 가족 여행을, 기름진 명절 음식보다 간단한 외식으로 대체된 옛 명절의 풍경은 아이들의 역사책에서나 볼 수 있게 되지 않을까.

노라의 명절

부럽습니다.

여전히 연애하듯 사랑스럽게 사시는 비법이 뭡니까.

세상 부러움을 등에 안고

습기 빠진 손등 한번 슥 만지고

노라는 고무장갑을 끼고 설거지를 한다.

제수 비용을 어림잡아 본다.

장 볼 제수 거리들을 척척 머리에 새겨 놓고

이른 새벽 서서 찬밥에 따신 물을 붓는다.

아직 노곤히 잠든 식구들 뭘로 배 채울까도 한켠 생

각하며.

사연도 많고 음악도 신나는 라디오 속 세상을 따라
튀김이며 전들이 채반에 가지런히 자리 잡는다.
너는 전도 이렇게 이쁘게 굽네.
칭찬에 수줍은 노라는 굳어가는 다리며 허리 살짝 비
틀며
수북한 나물 더미를 훑는다.
퀭한 생선들의 처진 지느러미를 매만진다.
소파서 잠든 신랑과 서재서 꼼짝 않는 시아버지 저녁
거리 고민하며.

이제 이런 허례 안 하면 안돼요?
다 큰 딸의 제안,
이제 그만하자, 우리도.
밥솥째 놓아도 된다던 아버님도
안쓰러운 시선으로 바라보던 어머님도
강요하는 그 누구도 없는 이제
노라는 명절에 할 일이 없어졌다.
이래도 된다고 하는데 되나 싶다.

요즘 누가 제사 지내요, 다 형식이고 구습이에요.

그래, 그럴지도.

그런데 이제 제사도 없고 사람도 없잖아.

노라는 앉을 자리 없을 만큼 둘러앉아

반찬 주고받으며 하하 호호 눈길만큼 밝았던

그때의 젊은 노라를 돌아본다.

먼저 간 이들 잠깐 돌아와 쉴 자리도 없으면

나는 또 어디로 와서 자식들 보려나.

맘속에 살면 영원히 사는 거지.

기억해 주면 사는 거야.

그래, 너희 편한 게 최고야.

인형의 집에서 나온 노라는

이제 큰길에서 제 방향 찾아본다.

내가 날 떳떳이 부러워할 날들을 쌓아보자.

난 내가 좋다라고 말할 수 있게.

그들을 기쁘게 해주는 위안이 아닌

나를 기쁘게 하는 나로 살기 위해.

닫힌 문을 열고 나선 노라는

용감히 발걸음을 움직인다.

노라는 노라를 찾아간다.

괜찮다고, 애썼다고 서로 다독여 줄 노라를 찾는다.

도둑맞은 세뱃돈

세뱃돈을 도둑맞았다!

요즘도 소매치기가 완전히 사라지진 않았겠지만, 주위에서 잘 보이지 않고 그런 피해를 보았단 얘기도 잘 듣지 못한다. 치안의 발전도 있겠으나, 지갑에 현금을 거의 들고 다니지 않는 추세와 훔친 카드 사용은 바로 덜미가 잡히는 것도 큰 이유일 것이다. 차라리 핸드폰 절도가 더 빈번히 뉴스거리로 등장할지언정 '지갑서리'는 거의 듣지 못했다.

학창 시절만 해도 버스나 지하철 소매치기가 꽤 극성이었다. 소재가 얇은 백팩을 생각 없이 매고 탄 버스에서 내리면 여지없이 옆구리가 깨끗이 일자로 그어 구멍이 나 있고 딱 지갑만 사라지고 없어 난감하기에 그지없었다. 가슴팍에 안고 있어야 했는데 하는 뒤늦은 후회를 하며. 소매치기를 탓하기보다는 내 탓을 먼저 할 만큼 빈번한 사고였다.

대중교통 이용하는 궁색한 학생이 현금이 있어 봐야 얼마나 있다고. 나로선 용돈을 한 번에 잃어버리는 큰일이었고, 엄마에게 간수 못 한 꾸지람과 다시 손 벌려 조금이라도 다시 용돈을 받아내야 하는 절체절명의 사건이었다. 형제 중 유달리 나에게만 그런 사건이 자주 일어났었다.

당시 가정 형편에 값비싼 옷이나 가방을 들고 다닌 것도 아니니 나를 부잣집 딸로 착각할 이유도 없었다. 그러니 이는 그저 나의 조심성 없는 태도가 문제라고 가족들은 나를 덜렁이라 평하지만, 나로선 상당히 억울한 부분이긴 했다.

돌이켜보면 나의 이런 소매치기 당한 역사의 출발은 초등 2학년으로 거슬러 간다. 그냥 말도 안 되는 변명이라도 하자면 그때부터 마가 끼었다고 본다. 일 년에 한 번 받는 세뱃돈은 당시 우리에게 그 무엇과도 비할 수 없는 귀한 용돈이었다. 대가족 장남인 아빠로 고생하는 엄마가 늘 안쓰럽고, 명절이니 제사 때마다 북적거리는 집안의 소란과 떠안은 어린 사촌들 돌봄까지 불만이 많았지만, 설날만큼은 세뱃돈의 달콤한 유혹으로 다 상쇄할 수 있었다. 그날 역시 차례 후 입은 한복 그대로 앞에, 복주머니에 가득 찬 세뱃돈에 뿌듯해하며 가족 다 같이 설날 특집 영화를 보러 갔었다. 커다란 극장에 가득한 인파와 들뜬 어린 마음은 복주머니 간수에까지 신경을 쓰지 못했다. 이리저리 인파에 휩쓸려 자리를 잡고 앉았으나, 영화가 채 시작되기도 전에 복주머니는 줄만 덩그러니 남은 채 사라지고 없음을 알게 된 것이다. 그 이후 눈물 콧물 범벅의 어린 꼬마에게 무슨 영화가 눈에 들어왔으랴. 사라진 용돈의 기회비용과 함께 엄마의 꾸지람으로 새해 액땜을 톡톡히 해야만 했다. 이는 두고두고 가족들 사이에 회자되는 놀림거리이자 나의 덜렁이 별명을 확고히 하는 사건이 되어 버렸다. 누구의 잘못인가를 떠나 나로선 정말 억울하고 세상이 무너지는 슬픈 날이었다.

설날이면 여지없이 떠오르는, 지금은 웃고 말 에피소드이다.

반항

이거 먹어야 한 살 더 먹을 수 있어,

이 말을 들을 때면

며칠을 굶은 것처럼

떡국을 여러 그릇 비우곤 했다

그렇게 먹어도 위가 늘어나자 않는 힘이

그때는 있었다

엄마 아빠가 세상에서 제일 강하다고 믿던

그런 나이였으니까.

오랜만에 본 이모는 주름이 늘어나신 거 같다.

이모부는 키가 좀 줄어드신 거 같다.

할머니는 전보다 허리가 굽어지신 거 같다.

이모는 나의 키가 큰 거 같다고 말했다.

숙녀가 다 되었구나

많이 컸구나

음식 앞에서 말했다.

멋쩍게 웃고 나면

어김없이 눈에 들어오는 떡국

평소라면 잘 먹었을 텐데

눈앞에 놓인 그릇이 그렇게 커 보였다.

내가 먹어야 할 것들이 너무 많아서

숟가락을 들기도 전에 배가 불렀다.

속이 안 좋다는 핑계 하나로는 넘어갈 수 없었다.

요즘은 새해에 먹는 떡국이 맛없다.

같은 이유로 명절에 보는 음식이 반갑지 않다.

안식처

넓은 들판 위로 백구가 내달리는 시간 동안,
나뭇잎의 이슬에 비친 나는 몽상에 빠진듯하다.
그 어떠한 오염조차 없는 이곳을 나는 그리워했나 보다.
너무도 선명해서 손을 뻗으면 닿을듯했던 추억들은
저녁나절의 그림자처럼 옅어졌다.

도시의 분주함에 가려졌던 하늘의 그 무수한 섬광들이
내 머리 위로 쏟아질 듯하다.
반딧불이의 빛으로 발자국을 희망차게 찍어냈던 나
날들,

잠들고 싶다, 이 황홀 속에서

서로에게 섞이지 않고, 사무치는 슬픔과 기쁨을 내 안
에 잔류하고 싶다.
보름달이 내 마음속에 떠오르던 그곳에선 일말의 아
픔도 없이,
메말랐던 마음에 풀꽃 하나 촉촉히 피워낼 수 있겠지.

당신의 1년은 어땠나요?

뒤돌아서야 떠오르는 1년이라는 시간
거침없이 밀려오는 후회라는 파도는 잠시 흘려보내고,
화려한 비상을 해볼까 합니다.

새로움이란 꺼져가는 불씨의 일렁임을 바라보며 바
람을 불어넣는 일이겠죠
꺼져가는 시간 동안 눈을 감고 기다리면, 언젠가 다시
활활 타오르겠죠
소각을 위해 숨을 깊게 마시도록 합시다.

내게 하루를 물었던 그대들에게,

당신의 하루는 어땠을까요?

3. 이가온

화목함이 머물었던 그곳에는

길게 늘어진 헤드라이트들을 바라보며 회상에 빠지면
어느새 우듬지에 잎이 살랑살랑 흔들리고 푸른 초원
이 펼쳐진 고향이 나를 반겨준다.
상기된 표정을 짓는 그 아들로 하여, 어머니의 입가에
는 웃음꽃이 피어난다.

둥글게 앉아 과일을 먹으며 덕담을 나누는 친척들,
식탁이 가득 차도록 쌓인 음식들을 즐기고 하나둘 흩
어진다.

낡은 집안 곳곳에 놓인 가족사진들에 남은 지문들은
그동안에 그리움을 드러내는 듯했다.
나는 아무 말 없이 다가가 투박해진 어머니의 그 손
을 한참이나 잡고 있었다.

유난히 햇살이 따스했던 그 어느날의 기억,
잊을 수 없는 추억이 되어 내 맘 안으로 번져갔다.

사위는 누워도 며느리는 못 눕는다

K 사회의 명절 모습은 아마도 비슷하지 않을까?

꼭 명절이 아니어도 비슷할 풍경 한 가지!

사위는 누워도 며느리는 못 눕는다!

우리 신랑은 본가에 가면

"오랜만에 온 우리 장손."

"이럴 때라도 쉬어야지, 가서 좀 누워 있어."

"아빠 좀 쉬시게 해드려."

귀한 아들 대접에 언제든 누워 쉴 수 있다.

우리 신랑이 처가에 가면?

"운전하고 오느라 피곤한데, 가서 좀 쉬어."

"뭐 먹고 싶은 거 있어? 좀 더 먹어."

"아빠 쉬라고 하고 할머니랑 놀자."

"더 자지 왜 벌써 일어나."

귀한 사위 대접에 언제든 최고의 대우를 받는다.

본가에 가든, 처가에 가든~

아들로 있을 때든, 사위로 있을 때든~

눈치 보여도 안 보이는 듯 편히 누워 있을 수 있고

등 따숩고 배부른 사랑을 듬뿍 받는다.

며느리인 나는 시댁에 가면,

앉아 있기도 어렵게 눈치를 보게 된다.

내 살림처럼 뒤집어도 실례... 앉아 있으랬다고 진짜

앉아 있으면 바보... 앉으나 서나 눈치 보며 적당한 거

리의 센스로 몸과 입이 눈이 부지런히 움직여야 한다.

딸인 내가 친정에 가면,

앉을 틈도 없이 몸을 움직이게 된다,

우리 엄마 힘들까 내 살림처럼 잔소리하며 정리하고

우리 신랑 불편할까 눈치보며 최대한 편하게 해주고

우리 새끼들 층간소음 걱정말고 실컷 뛰어놀아라 쉴

틈 없게 된다.

시댁에 가든, 친정에 가든~

며느리로 있을 때든, 딸로 있을 때든~

몸과 마음 편히 쉴 수 없는 눈치를 듬뿍 챙긴다.

이번 명절에도 눈치 센스 풀가동이다.

명절(名節)?명절(命絕)?

직계 가족 모두가 한 집에 모이는 명절
지붕 아래 울리는 소리가 찬란하다.

한 장소, 한 마음, 한 식탁, 한 가족
세대 사이 서로 어우러진 기쁨과 즐거움이
담벼락을 타고 문설주를 넘어간다.

지붕 옆 깊은 한숨이 굴뚝을 타고 나온다.
해마다 일정하게 지키는 명절(名節)이
K 사회 어느 며느리에게는 명절(命絕)을 일으킨다.

누군가의 헌신을 당연히 받지 말아라.

누군가의 수고를 강요하지 말아라.

건강한 얼굴, 편안한 마음으로 족하다.

나의 인생 자랑이 과하지 않게 해라.

나의 힘든 시름이 넘치지 않게 해라.

함께하는 식탁, 주고받을 가족으로 충분하다.

우리 엄마는 큰집 맏며느리

어린 시절의 기억 속, 우리집 명절은 그야말로 딱 잔치집 풍경이었다.

집안의 큰집이었던 우리집에는 명절 전날 제사를 지냈고, 명절 아침에도 온 집안 사람들이 모여 절을 하고 아침 식사를 했다.

내가 초등학교 졸업하며 제사도 졸업했지만, 우리 엄마는 맏며느리 졸업을 아직도 못하고 계신다. 곧 일 흔을 앞둔 할머니가 되셨는데도 말이다.

명절 한 달 전부터 맏며느리인 우리 엄마는 제법 분주해지신다.

가족들 오면 무슨 음식을 해줘야 하나, 아빠 돌아가시고는 반찬 신경 안 써서 뭘 어떻게 해야 하는지 모르겠다, 자꾸 잊어버려 짜증 난다.

가족 맞을 준비를 하는 일상의 분주함과 없는 형편의 현실과 그래도 내 식구 잘 해먹이고 싶은 마음…. 그 어딘가에서 뒤섞인 생각들이 푸덕거리는 모양이다.

정신없어 못한다 하시면서 엄마의 밥상은 항상 푸짐하고 싹 비워질 만큼 맛있다. 엄마의 돼지갈비는 육식가인 우리집 식구들이 먹으려면 족히 열다섯 근 정도는 되어야 한 끼 먹을 수 있었다. 비록 이제는 단출해진 가족 수 탓에서 3분의 1 양만으로도 충분해졌지만, 맛은 여전하다.

내 결혼 전·후로 엄마의 명절 식탁 준비가 조금은 수월해지기도 했다.

설 명절에는 김을 집에서 직접 구워 먹어야 맛있다는 딸 때문에 한 톳 혹은 두 톳까지 김을 발라 구웠었다. 추석 명절에는 집에서 만든 깨 송편만 먹는 딸 때문에 조금이라도 빚으셨다.

결혼 후에는 이제 나도 없으니 그만하시라고 말씀드렸다. 사다 먹어도 충분하다고….^^;;; 그래도 설에는 여전히 김을 바르신다. 엄마의 김구이에 익숙하게 길들여진 가족들이 진수성찬 차려진 밥상에서도 김을 찾기 때문이다.

작은엄마들이 일찍 오시나 늦게 오시나 상관없다. 맏며느리 명찰 단 우리 엄마는 큰집 며느리에게 숙련되어 손도 크고 빠르다. 부침이 정도는 함께 앉아 부쳤지만 이젠 그것도 안 한다.

며느리들이 한데 모여 음식을 만드는 모습도 이젠 사라질 듯하다. 지난해 여름, 고관절 수술 이후 아흔 넘은 할머니가 요양원에 계시니 아빠 없는 우리 집엔 다른 가족들의 방문 시간이 짧아졌다.

딸부잣집 셋째딸은 얼굴도 안 보고 데려갔다 했다.
옛말에. 왜? 얼굴이 예뻐서 그랬단다.

결혼사진 속 우리 엄마는 얼굴이 정말 어른 손바닥
만 하게 작다. 쌍꺼풀도 깊고 진하고 코도 오똑하고
참 예쁘다.

제대로 드시지도 못하면서 식구들 식탁 빈 그릇 채
우기에 바빴던 우리 엄마,
누구의 딸보다
누구네 며느리로 쌓인 세월이 훨씬 길다.

결혼 생활 40년 넘어, 환갑 지난 우리 엄마 얼굴엔
진짜 깊은 주름이 자글거린다. 쌍꺼풀은 패였고 얼굴
도 조금 커졌는데 결혼식 때만큼이나 아니, 그때보다
지금이 훨씬 더 아름답다.

큰집 맏며느리로 살아온 세월만큼
깊어졌고
푸근해졌다.

엄마가 힘써 지켜온 며느리의 때 덕분에
온 집안 식구들의 식탁엔 부족함이 없었다.

며느리로 사느라 참 고단하면서도
그때를 잘 살아내 준 우리 엄마가
참 자랑스럽다.

이번 설명절에는 오랜만에 같이 김구이 해야겠다.

포레스트 웨일 공동 작가

여러분들의 명절은 어떠신가요

초판 1쇄 발행 2024년 2월 08일
초판 1쇄 인쇄 2024년 2월 19일

| 지은이 | 한민진 | 김채림 | 준 | 보고쓰다 | 아루하 | 정예은 | 꿈꾸는쟁이 초딩김작가(김예서) | 박정원 | 최병희 | 애틋한 새벽 | 박선생 퍼 팬 | 김병후[김이세] | BlueMoon | 장동주 | 소휘 | 다담 한라노 | 이가온 | 사랑의 빛 |

디자인	포레스트 웨일
펴낸이	포레스트 웨일
펴낸곳	포레스트 웨일
출판등록	제2021-000014 호
주소	충남 아산시 아산로 103-17
전자우편	forestwhalepublish@naver.com

| 전자책 | 979-11-92473-94-9 |
| 종이책 | 979-11-92473-95-6 |

ⓒ 포레스트 웨일 | 2024
· 이 책은 저작권법에 의하여 보호받는 저작물이므로 무단 전재와 복제를 금합
니다.
· 이 책 내용의 전부 또는 일부를 이용하려면 사전에 저작권자와 포레스트
웨일의 서면 동의를 얻어야 합니다.

작가님들과 함께 성장하는 출판사
포레스트 웨일입니다.
작가님들의 소중한 원고를 받고 있습니다.
forestwhalepublish@naver.com